Ingeborg Pilgram-Brückner · Hilfe, ich bin ein Auslaufmodell

Ingeborg Pilgram-Brückner

Hilfe, ich bin ein Auslaufmodell

Heiteres zum Älterwerden

Mit Illustrationen von Dorothea Layer-Stahl

3. Auflage 2007
Einbandgestaltung und Ilustrationen von Dorothea Layer-Stahl
ISBN 978-3-88069-385-2

Satz und Gestaltung: Hohenloher Druckservice, Gerabronn
Druck und Bindung: Druckservice Viener, Vimperk, Tschechien

Gewidmet all den „Auslaufmodellen", die heiter und frohgemut durch das Alter gehen möchten, um mit Humor den eigenen Schwächen ein Schnippchen zu schlagen.

Noch genügend PS

Dass ich ein Auslaufmodell bin,
weiß ich längst.
Aber wenn ich mir
die Nachfolge-Erscheinungen
so anschaue,
muss ich feststellen,
dass sie, bei allem
hochgestylten Glanz,
auch nicht mehr PS haben,
als unsereins

...und so fahr' ich Jahr für Jahr,
recht vergnüglich, mit viel Schwung,
und im Herzen immer jung,
in die Alterszeit hinein.
Und da bin ich nicht allein.

In dem Büchlein ruf' ich hier:
„Mutig, Freunde, fahrt mit mir!
Kommt mal eine Schwäche vor,
tragen wir sie mit Humor.
Es läuft weiter, nichts ist futsch,
auf geht's mit der Radelrutsch!
Rollt sie nicht ganz wunderbar?"

Die neue Schreibweise

Als ich dieses Büchlein schrieb,
eine Frage offen blieb:
Soll ich mich jetzt an der alten
Art zu schreiben etwa halten,
oder soll ich es nicht scheuen
und mich mutig mit der neuen
doch mal auseinandersetzen?
Will den Zeitgeist nicht verletzen.

Und so greife ich zum guten,
frisch erst aufgelegten Duden.
Wie schreibt man Nussschokolade?
Drei Mal „s", nicht schön, wie schade!
Und dann frage ich auch schon:
„Gilt ein „g" jetzt für Wagon
oder brauch' ich dafür zwei?"
Duden-Buch ist's einerlei.
Brennnessel, das stört mich sehr.
Brenn-Nessel gibt auch nichts her.

Und die Trennungen sind schlecht,
nein, da klappt mir gar nichts recht,

ja, ich könnte beim Korrigieren
manchmal grad' den Mut verlieren.
Weil mir nämlich der Computer,
dieses ausgefeilte Luder,
alles trennt, wie er es denkt
und dann Kur-iositäten schenkt.
Ja, das geht so du-
tzentweise zu.

Ihr Senioren drum, ihr Lieben,
hab' ich etwas falsch geschrieben,
nehmt es bitte mir nicht krumm,
manches Neue wirft mich um.
Ach, wir Alten und die Kleinen
haben's schwer. Es ist zum Weinen!

Das Auslaufmodell - ein Vergleich

Es läuft langsamer, als die neuen, die jungen Modelle, muss schon bei den geringsten Steigungen den kleineren Gang einlegen. Auch sollte es im täglichen Getriebe öfter einmal ausruhen, anhalten, abschalten.

Aber bei dieser langsamen Gangart sieht der mit ihm Fahrende vieles deutlicher, als bei der Schnelligkeit, mit der die neuen, die jungen Modelle durch die Gegend, durchs Leben, rasen.

Auslaufmodelle gewähren einen ruhigen Blick auf das, was um sie geschieht. Und gefährlich sind sie eigentlich auch nicht im Straßenverkehr.

Morgenstund

Morgenstund.
Steh vor dem Spiegel
und betrachte mein Gesicht.
Grausam ist es, dieses Licht!
Greife nach dem Cremetiegel
und massiere sorgsam Falten,
doch die bleiben treu die alten.
„Bäh, du Spiegel", zischt mein Mund.
Morgenstund.

Gibt's keine Omas mehr?

Gibt's die Mama heut nicht mehr?
„Mutter", „Mutti" heißt heut „Anne"
oder „Margot", „Traut", „Susanne".
„Vater" sagen fällt auch schwer.

So herrscht ein moderner Ton.
Nun, die Eltern schlucken's eben,
denn sonst liegen sie daneben.
Und wer, ehrlich, will das schon?

„Nein, da fehlt doch der Respekt".
Opas wollen Opas bleiben.
Auch die Omas sich dran reiben,
die doch sonst so aufgeweckt.

Wird jetzt unsere Oma schnell,
bei den neuen Kumpeleien,
die vom „Alter" uns befreien,
zum vergessenen Modell?

Keine Kinderkrankheiten

„Auslaufmodelle haben
die Kinderkrankheiten
schon hinter sich.
Sie sind zuverlässig
und sicher",
sagte mir ein Fachmann.
Von Kennern würden sie
geschätzt.

Ein tröstlicher Gedanke,
auch wenn es im
menschlichen Bereich
heute leider wenig
„Kenner" gibt.

Früher

Früher, ob Wohnung, Straße, Kleid,
strebte man nach Sauberkeit.
Ach, wir warfen doch nichts weg,
waren ordentlich, adrett,
zogen uns auch dann und wann
elegant zum Ausgehn an.
Beim Verreisen, ganz exakt
wurden Koffer da gepackt,
heute wirft man alles rein.
Nein, die Jugend ist nicht fein,
schiefer Kragen, offenes Hemd,
uns ist so was heut noch fremd.
Ja, man nimmt, ob Mann, ob Frau,
alles nicht mehr so genau.
Stellt die Frage sich einmal:
Ist's vielleicht nicht genial?

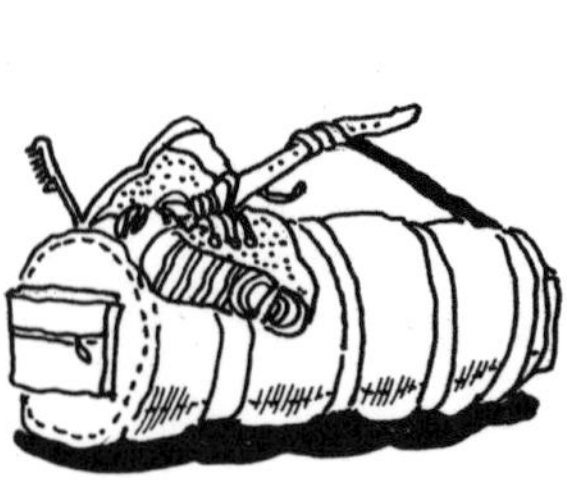

Ruf mal an

Ich telefoniere gern,
doch die liebe Enkelin
meint, das sei nicht mehr modern,
SMS sei heute „in“.

Faxen, sagt sie, wär auch was.
Wer schreibt heut noch einen Brief?!
Sie erklärt mir dies und das.
Nur, bei mir läuft alles schief.

Da, jetzt schellt das Telefon,
und ich quassele eine Stund.
Hab hier echt der Freunde Ton
lebensnah, von Mund zu Mund.

Dass man neue Technik hat,
ist ja durchaus einzusehn,
bis zu dem gewissen Grad,
wo wir Alten sie verstehn.

Wie lange noch?

Junge Frauen haben Mut,
stellen ihre Männer an.
Weil ein Mann ja alles kann,
machen sie es auch recht gut.

Ja, so ist das eben heute.
Für der Kinder frohe Meute
ist die liebe Omama
schließlich brauchbar auch noch da,
dort, wo es noch Kinder gibt.
Halt! Die kommt nicht, wann's beliebt,
ist nicht immer gleich zur Stell,
wie ein Auslaufhilfsmodell.

Oder ist sie's eben doch?
Fragt sich nur: Wie lange noch?

Fahrtüchtigkeit

Margret holte mich ab. Wir fuhren zu Edith zum Kaffeetrinken. Ein kleiner Kreis älterer Damen erwartete uns. Mitfahren ist immer Vertrauenssache. Aber ich habe eigentlich nie Angst, mich zu einer meiner Freundinnen ins Auto zu setzen. Obgleich ich mich sicherer fühle, wenn ich selbst das Steuer in der Hand halte. Margret galt stets als flotte Fahrerin. Und das stellt sie auch heute noch mit ihren über achtzig Jahren unter Beweis.

„Bist du eigentlich in letzter Zeit einmal bei Edith im Auto gesessen?", fragte sie mich und schnitt forsch eine Kurve. „Du, das ist unmöglich, wie die herumschleicht. Unsicher ist sie auch, wahrscheinlich, weil sie nicht mehr so gut sieht. Zu der setze ich mich bestimmt nicht mehr in den Wagen."

Ich war zu feige, sagte nichts, um die Freundin zu verteidigen. Erst kürzlich waren wir miteinander unterwegs, sie am Steuer. Und wir sind ganz gut vorwärts gekommen...

Der Nachmittag bei Edith war herzerfrischend fröhlich. Auch das Autofahren kam zur Sprache. Einstimmig stellten wir fest, dass wir alle noch fabelhaft reaktionsfähig sind und dass die Fahrtüchtigkeit gar nichts mit dem Alter zu tun hat, wie es unsere Kinder

manchmal meinen. Nur die Gerda, die sollte aufhören, tuschelten wir. Kürzlich sei sie bei Rot über die Kreuzung gefahren und habe es gar nicht gemerkt. Und in der Tiefgarage, wie sie da herumorgele! Nein, die Gerda sollte jetzt nicht mehr fahren.
Die arme Gerda konnte sich allerdings nicht verteidigen. Sie war an diesem Nachmittag abwesend, denn sonst hätte sie selbstverständlich auch zu den tüchtigen Autofahrerinnen gehört.
Nun, wir kamen später alle mit unseren verschiedenen Autos nebst den verschiedenen Fahrverhalten gut nach Hause.
Am anderen Morgen rief mich Edith an: „Hast du das gesehen, wie die Margret gestern bei uns aus der Parklücke herausgefahren ist? Zwei Autos hätte sie beinahe gerammt.
Und dann ist sie losgebraust mit einem Zahn drauf. Das wird ja lebensgefährlich, mit der zu fahren. Ich tu es nicht mehr."
„Steig halt das nächste Mal bei mir ein", schlug ich vor. „Ja, gerne", sagte Edith. Ob sie es auch so meinte, darüber bin ich mir nicht ganz im Klaren.
Was für Schwächen meine Freundinnen bei meinem Fahrverhalten wohl kritisieren, wenn ich einmal beim Kaffeeklatsch nicht dabei bin? Es würde mich schon interessieren. In letzter Zeit höre ich zum Beispiel

schlecht. Aber nein, ich will das gar nicht wissen, sonst werde ich vielleicht unsicher.
So fahre ich halt weiterhin wie ein Auslaufmodell: Nicht zu rasant, keine gewagten Überholungen und an schwierigen Kreuzungen lieber einmal länger warten. Vor allem aber bitte ich vor jeder Fahrt meinen Schutzengel, gut auf mich aufzupassen. Und das, glaube ich, haben alle Autofahrer nötig, ob alt oder jung, ob mit brandneuen oder mit Auslaufmodellen.

Wir können noch fahren

Ach, ihr solltet euch schon schämen,
wollt uns jetzt das Auto nehmen,
weil, meint ihr, mit siebzig Jahren
könnte man halt nicht mehr fahren
bei dem wachsenden Verkehr.
Das sei für uns viel zu schwer.

Doch wir Alten haben Mut,
sagen: „Das ging noch mal gut",
wenn wir eben, grad so fast,
einen andern umgerast,

wenn wir, o du liebe Not,
Grün erkennen, statt dem Rot
und auch meist ein wenig stoßen
am Garagentor, dem großen.

Nein, so ist es nun mitnichten!
Um uns solches anzudichten,
da notiert ihr jede Spur
eines kleinen Fehlers nur,
den von euch ein jeder macht.
Nur, da ist's nicht angebracht,
denn das richtige Fahrverhalten
kontrolliert man bloß bei Alten.

Selbstkritik

Sag mir, liebe Freundin, schnell
und zwar, bitte, auf der Stell,
wenn ich von vergangenen Zeiten
mich beginne auszubreiten,
wenn ich gar zum X-ten Mal,
was den anderen eine Qual,
die für mich nur wichtigen Dinge
stets erneut zur Sprache bringe.
Sag mir dann in liebem Ton:
„Ja, wir alle wissen's schon."
Und, wenn ich's nicht lassen kann,
fang ein anderes Thema an.

Sag mir's, liebe Freundin, bald,
denn ansonsten wirk ich alt.
Du kannst mich davor bewahren,
möchte doch in späteren Jahren
mich bei der Gespräche Reigen
auch noch frisch, lebendig zeigen.

Zeitung lesen

Zeitung gelesen,
mich geärgert.
Mit Freundin telefoniert,
gemeinsam geschimpft:
Verrückte Welt,
sind halt Auslaufmodelle.
Gemeinsam gelacht.
Jetzt ist mir wohler.

Kavaliere

Wie war das doch zu unserer Zeit?
Man trug, statt Hosen, damals Kleid.
Doch dem gilt es nicht nachzutrauern,
manch anderes wir jetzt bedauern:
Zum Beispiel fehlende Manieren.
Auch mangelt es an Kavalieren,
die, wenn wir kommen, sich erheben.
Nur selten ist's noch zu erleben.

Wie schön, wenn einer, ungefragt,
den Mantel hält, was Nettes sagt,
die Türe öffnet, uns begleitet,
durch Blumen Freude uns bereitet.

Ach, wenn sie , höflich zum Verlieben,
uns noch den Stuhl zum Sitzen schieben,
mit einem Handkuss gar verehren.
Das muss die Jugend heut entbehren.

Du meinst, das passt nicht in die Zeit,
weil frau jetzt Hosen trägt, statt Kleid,
weil sie doch selbstbewusst, modern?
Aufmerksamkeit hat jede gern!
Und dort, wo Eros liebreich waltet,
sind Kavaliere nie veraltet.

Jugenderinnerungen

Zu unserer Zeit war allemal
der Sex als „sechs" noch eine Zahl.
Ja, ja, wir waren recht naiv,
so vieles noch verborgen schlief.

Zu unserer Zeit, der guten, alten,
da war das Höchste „Händchen halten".
Die große Liebe drängte nicht,
sie baute auf, auch im Verzicht.

Zu unserer Zeit, da galt noch Treue,
nicht jedes Jahr mal eine Neue.
Wir hatten hier und dort wohl „Flammen",
doch, was sich liebte, blieb zusammen.

Zu unserer Zeit, trotz auf und nieder,
was sangen wir für schöne Lieder,
begeisterten uns an Gedichten.
Ach, viel gäb es noch zu berichten...

Zu unserer Zeit – nun lass es halt,
denn wer das sagt, ist wirklich alt.
Ihr Jungen, bald seid ihr soweit,
dann heißt's bei euch „Zu unserer Zeit".

Vertraulich

Nein, ich würde es nicht wagen,
nur ein Wort zu euch zu sagen.
Ich verrat es möglichst nicht,
weil so viel dagegen spricht:
Möchte mich noch mal verlieben.
Dies Gefühl ist mir geblieben.
Einmal so was noch erfahren!
Aber: Er müsst' Abstand wahren,
nur von Ferne mich beglücken,
niemals auf die Pelle rücken.
Und das eine schließ' ich aus:
Keiner kommt mir mehr ins Haus.
Will nicht kochen, bügeln, waschen,
nur so ein klein wenig naschen...
Will ich's wirklich? Aber nein!
Hab's doch schön, so ganz allein!

Weiter schnattern

Früher, als wir noch jung waren und über alles Unmögliche kicherten, nannte man uns „Gänschen". Heute...? Haben Sie schon einmal an der Türe eines Damen-Kaffeekränzchens gelauscht? Ich bin ab und zu Teilnehmerin eines solchen. Ein Geschnatter, wie zu unseren Jugendzeiten. Vielleicht klingen unsere Stimmen heute ein wenig lauter, weil inzwischen die meisten von uns nicht mehr so gut hören. Kürzlich brachen eine Freundin und ich etwas früher auf, standen an der Garderobe. Ein Lärmkegel schwallte zu uns heraus. „Horch mal, das sind wir." „Entsetzlich!" Fluchtartig verließen wir das Lokal, vergaßen, dass wir kurz zuvor auch noch mitgeschnattert hatten.

„Wenn unsere Jungen uns so hören, die lachen sich eins", bemerkte ich. Meine Freundin schmunzelte: „In den Diskos geht es noch lauter zu. Da verstehst du dein eigenes Wort nicht mehr. Aber dort ist es allerdings die Musik, die dröhnt, und wie!"

„Dann sind wir wohl sogar Auslaufmodelle der leiseren Art? Also schnattern wir weiter."

Handgeschriebene Briefe

Wer schreibt heute noch Briefe von Hand? Ich, das Auslaufmodell. Handgeschriebene Briefe sind meines Erachtens persönlicher, als mit dem Computer oder der Schreibmaschine geschriebene. Handgeschriebenes hat etwas Warmes, lässt das Gegenüber spüren. Aber sich so altmodisch mitzuteilen, das kann man von der heutigen Generation, die am Computer zu Hause ist, nicht mehr erwarten. Und dafür habe ich sogar Verständnis.

Und wie wirkt sich die Rechtschreibreform bei meiner Generation aus? Viele meiner Freundinnen und Freunde kümmern sich gar nicht darum. „Brauchen wir nicht mehr“, sagen sie. Ich selbst schreibe inzwischen, wenn ich bei Disketten für die Druckerei an den Computer muss, das „dass“ und „muss“ etc. brav mit „ss“. Aber in privaten Briefen berausche ich mich in altgewohnter Weise immer noch, auch bei „dass“ und „muss“, mit dem „ß“, das im Schwäbischen „Dreierles-es“ heißt. Schön, nicht?

Manchmal mache ich auch noch ein deutsches „z“. Ob das die Jungen lesen können? Und Phantasie, nein, das kann ich nicht mit „F“ schreiben. Da ist sonst der ganze Zauber weg. Und „Ph“ ist ja noch erlaubt. Nur bei Kinderbüchern muss ich mich an die Fantasie gewöhnen,

weil die das so lernen. „Foto" hingegen stört mich nicht, das ist etwas Technisches.
Seltsame Gedanken. Aber in der Auslaufsituation hat man Zeit, auch über solche Dinge nachzudenken.

Die Technik

Früher hat sie ihm beigebracht,
wie man Seifenblasen macht.
Heut hilft er aus freien Stücken
Oma bei der Technik Tücken.
Wenn den Kleinen sie nicht hätt',
fänd sie nichts im Internet,
was sie gar so schwer begreift.
Und ganz heimlich bei ihr reift
traurig der Gedanke bald:
Ach, ich glaub, jetzt werd ich alt.

Alte Schallplatten

Rock und Popp im Radio
und im Fernsehn ebenso.
Solches wird mir wohl auf allen
Sendern stets entgegenhallen,
auch am frühen Morgen schon.
Wo find ich den leisen Ton?

Ach, ich such sie immer wieder:
Schubert-, Brahms- und Schumann-Lieder,
die wir früher so gerne hatten.
Nun, ich hab noch meine Platten,
leg mir eine schöne auf.
Doch im weiteren Verlauf
kratzt sie, ja, so kommt das halt,
mein Gerät ist ziemlich alt.
Wo krieg ich ein neues her?
Plattenspieler gibt's nicht mehr.

Heut ist alles auf CD,
sagt man mir, doch ich mit Weh
muss an meine Platten denken,
schön geordnet in zwei Schränken.

Nun, weil ich nicht anders kann,
schaff ich die CDs mir an
mit dem Player, dem Gerät.
Erst mal sehen, wie das geht.
Und die Platten liegen stumm
weiter unbenutzt herum.

Jetzt lass ich die kleinen klingen.
Wie lang wird mir das gelingen?
Ob vielleicht in ein paar Jahren
die CDs ihr „out“ erfahren?
Dann leg ich, wie wir's schon hatten,
sie zum Schweigen zu den Platten.

Alte Besen kehren gut

Ein alter Besen bin ich zwar,
doch kehre brav ich, Jahr für Jahr,
den Unrat in mir fleißig weg.
So manches liegt da im Versteck
und stört mich letzten Endes sehr.
Es wegzuräumen fällt mir schwer.

Ein alter Besen, nicht mehr frisch,
fegt vieles rasch von seinem Tisch.
Und rücksichtslos wird weggeschasst,
was ihm nicht angenehm, nicht passt.
Nur weht das Leben immer neu
ihm in die Wege weitere Spreu.

Ja, alte Besen kehren gut...
Nicht immer, oft fehlt auch der Mut.

Zeit verplempern

„Für Computerspielereien ist mir meine Zeit zu schade", sage ich etwas hochmütig zu einer jüngeren Freundin, die unbedingt meint, ich müsse das Surfen im Internet lernen. Ich will aber überhaupt keinen Internet -Anschluss, will nicht, dass fremde Gedankenwellen unkontrolliert in meine Wohnung hineingeistern. Das ist moderner Spuk.

Die Freundin lacht: „Du bist ja abergläubisch. Solche Geister tun dir nichts."

„Weißt du's?"

„Quatsch! Es geht heute nichts mehr ohne Internet."

Doch ich wehre mich weiter: „Was das Berufsleben betrifft, gebe ich dir Recht. Aber privat sehe ich keinen Bedarf. Ich habe mein Telefon, zur Unterhaltung Fernseher und Radio. Noch befördert die Post meine Briefe, und ich schreibe weiterhin Überweisungen. Größere Anschaffungen zahle ich schon mal mit Scheckkarte, aber nur dort, wo die Kasse meine Geheimnummer nicht braucht. Die benütze ich aus Sicherheitsgründen überhaupt nicht, hebe mein Geld persönlich ab. Wozu also Computer, wozu Internet?"

Meine Freundin lacht schallend: „Bist du altmodisch! Aber eines Tages wirst du nicht mehr ohne einen PC auskommen. Und es wird dir sogar Spaß machen, mit ihm zu arbeiten. Stell dir vor, du brauchst nicht mehr in die Stadt, um Konzert- und Theaterkarten, Fahrkarten, Bücher oder einen Kühlschrank zu bestellen. Einkaufen vom Wohnzimmer aus. Große Auswahl."

„Und ich sehe keine Menschen mehr. Nein, gib dir keine Mühe. Ich will das Surfen im Internet auch gar nicht erst lernen. In ein paar Jahren kommt eh wieder etwas Neues."

Doch die Junge gibt nicht auf, packt mich an empfindlicher Stelle: „Du hast doch sonst noch Schwung, bist geistig rege."

„Ja, schon. Aber das mit dem Computer, privat, das würde für mich zu einem Verplempern meiner kostbaren Zeit werden."

„Dann verplempere sie halt anderweitig!" Lachend steht meine junge Freundin auf: „Da ist noch nicht das letzte Wort gesprochen. In spätestens einem Jahr lege ich das Thema noch einmal auf den Tisch. Du willst doch kein Auslaufmodell werden."

„Bin ich schon", erkläre ich und begleite sie zur Türe. Dann rufe ich eine andere Freundin an, eine gleichaltrige. Die gibt mir in allem rundherum Recht. Wir quasseln fast eine Stunde, nichts Tiefschürfendes, nichts Wichtiges, einfach so. Zeit verplempern. Schön, und so ganz persönlich!

Oder hätte ich besser an einem Computer lernen sol-

len, wie man herumsurft (ich weiß nicht, ob man so sagt), wie man Bücher bestellt (wo ich doch eine so nette Buchhändlerin habe, die mir Ratschläge gibt), wie man Konzert- oder Theaterkarten bestellt (pah, die hab' ich schon per Miete), wie man Zeit verplempert (das mache ich auf meine Weise).
Eigentlich ist es recht schön, ein Auslaufmodell zu sein, denke ich. Dann kann ich solche Sachen, wie Computer anschaffen, hinausschieben, ablehnen, vergessen. Kann meine Zeit verplempern, wie ich will, mit oder ohne PC.

War ganz einfach, Omama

Ehrlich, ich bin wirklich froh
über meinen Video,
nimmt mir auf zu jeder Zeit,
wenn ich grad nicht sehbereit.

Als der Fachmann ihn gebracht,
zeigte er mir, wie man's macht:
Zeiteinstellung, fern und nah.
„Die Gebrauchsanweisung da",
sagte er, die lässt er mir.
Ach, die ist ein Rätsel schier.
Deshalb schrieb ich den Verlauf,
wie man einstellt, selber auf.
Und dann ging das wunderbar
fast ein ganzes halbes Jahr.

Nur, jetzt kommt die „Sommerzeit",
Uhrumstellung - Schwierigkeit,
hat man mir nicht beigebracht,
keiner weiß, wie man das macht.
Meine Freundin sagt verstohlen:
Musst noch mal den Fachmann holen."

Doch ihr Enkel, dieser kleine,
lacht uns aus: „Ich kann's alleine."
Drückt, und spricht kein einziges Wort,
ein paar Knöpfe, da und dort,
strahlt uns an: „Bin fertig, ja,
war ganz einfach, Omama."

Altmodisch

Nein, ich bin nicht virtuell,
will nicht mit dem Bildschirm reisen
durch Utopias tote Fernen.
Nein, das mag ich nicht mehr lernen!
Alles geht mir viel zu schnell,
und ich muss mir nichts beweisen.

Am Computerspiele-Tropf
mit den vorgegebenen Bildern
möchte ich erst gar nicht hängen.
Und ich lass mich auch nicht drängen.
Was mir Bücher wortreich schildern,
malt mir aus mein eigener Kopf.
Der kann prächtig phantasieren,
so was möcht ich nicht verlieren.

Es ist spannend, glaubt mir das.
Doch ihr andern: Habt viel Spaß!

Nicht mehr auf die Schnelle

Habe mir was vorgenommen:
Rasen mähen, Fenster putzen,
gutes Wetter auszunutzen.
Jetzt will eine Freundin kommen.

Sollte ich schnell Kuchen backen?
Ja, das schaff ich. Doch vonwegen,
muss mich gleich ein Stündchen legen.
Das wär auch noch abzuzwacken.

Gehe was vom Bäcker holen.
„Wie konnt ich in früheren Zeiten
all dies nebenbei bestreiten?",
denke manchmal ich verstohlen.

Nun, die Freundin kann's verstehen,
nichts schafft man mehr auf die Schnelle,
unser Alter sei die Quelle,
ihr würd's auch nicht anders gehen.

Ach, das will ich meist vergessen.
Was kann man dagegen machen?
Akzeptieren, drüber lachen,
alles andere wär vermessen.

Im Überfluss des Lebens

Eigentlich bin ich völlig überflüssig,
jenseits des Alters, das etwas leistet.
Aber ich bin noch da,
und daran ist nichts zu ändern.

Und wenn ich das Wort „überflüssig"
recht betrachte, dann kommt mir in den Sinn,
dass alles „Überflüssige" Luxus ist.
Also gönne ich mir den Luxus,
überflüssig zu sein.

Luxus ist etwas Schönes, aber nur,
wenn man ihn zu schätzen weiß.
Und deshalb schätze ich meinen Luxus,
die Jahre, in denen ich überflüssig bin.
Ich genieße das Dasein und schwinge mit
im Überfluss des Lebens.

Die Freiheit des Alters

Wir waren ein fröhlicher Seniorenkreis, lauter Frauen, meist alleinstehend. Und wir genossen, Kaffee oder Tee schlürfend, unser Dasein. Ab einem gewissen Alter hat man eine Freiheit, wie nie zuvor, stellten wir fest: Keine Prüfungsängste, keine Existenzsorgen, keinen Liebeskummer. Und wir können tun und lassen, was wir wollen.

Meine Freundin räkelte sich in ihrem Sessel: „Eifersüchtig sind wir jetzt auch nicht mehr aufeinander."

Allgemeines Schmunzeln. Ob da jede zustimmte, weiß ich nicht.

In Kleiderfragen waren wir uns sowieso nicht einig. „Warum soll ich mir noch groß etwas anschaffen", meinte eine, „was ich habe, reicht mir noch vollends hinaus. Hauptsache sauber."

Ihr wurde heftig widersprochen: „Gerade wir Alten sollten uns noch was gönnen und uns auch hübsch kleiden. Die Jungen, die können in jedem Fetzen herumlaufen, sie sind immer hübsch. Pflegen, richten, öfter mal zum Friseur gehen, damit man uns nicht schon von weitem ansieht, dass wir Auslaufmodelle sind."

„Wäre das so schlimm?"

„Ja, das wäre schlimm. Eitel sind wir immer noch."

Im Laufe der Gespräche stellten wir weitere Ansprüche an uns: „Langweilig dürfen wir nie werden, müssen für alles offen sein, was in der Welt vorgeht, müssen bei Gesprächen mitreden können, informiert sein, wenn sich jemand für uns interessieren soll. Mit einem holden Lächeln ist in unserem Alter nichts mehr zu erreichen."

„Wer soll sich denn noch für uns interessieren?", fragte die mit dem Oma-Kleid.

„Alle Menschen", riefen wir einstimmig und lachten dabei. Jetzt ergriff unsere Älteste das Wort: „Man muss immer Ansprüche stellen, Ansprüche an sich selbst."

„Und wo, bitte schön, bleibt dann unsere zuerst so hoch gelobte Freiheit?"

„Die liegt in euch selbst. Ihr könnt euch gehen lassen oder auch nicht."

Meine Freundin stand auf und holte einen hübschen, bunten Schal, den sie unserer allzu brav Gekleideten jetzt um den Hals band: „Da, schau dich im Spiegel an. Du siehst schon viel fescher aus." Die wehrte sich nicht, ging ins Bad. Und als sie zurückkam, hatte sie sich die Lippen nachgezogen.

„Na also, so ganz vom Fenster sind wir noch lange nicht. Und morgen kaufst du dir was Hübsches, Neues. Einverstanden?"

„Ja, vielleicht." Ob sie es auch tun wird? Wir zweifel-

ten daran, denn gleich darauf erklärte sie uns, dass sie ihren Kindern und Enkeln einmal möglichst viel vererben möchte.
„Also doch ein Auslaufmodell", murmelte meine Freundin und verteilte den Kuchen, den sie nicht selbst gebacken, sondern in der Konditorei gekauft hatte.
„Die können das besser als ich", strahlte sie, „und außerdem habe ich für so etwas keine Zeit mehr."

Wachstumszeit

Wir saßen im Garten und träumten hinaus in den jungen Frühlingstag: Drei durchaus zufriedene ältere Damen. Die Zeit der Anforderungen in Familie und Beruf lagen hinter uns. Das große Wirken und Planen war vorbei. Die Höhen und Tiefen eines langen Lebens hatten wir durchgestanden mit mehr oder weniger Blessuren. Zeit heilt nicht immer, aber sie wandelt. Nein, wir sprachen nicht von Vergangenem, schwärmten auch nicht von den Jugendjahren, die meist nicht so schön sind, wie sie hinterher erscheinen. Wehmutsstimmungen ließen wir gar nicht erst aufkommen. Wir waren da, im Jetzt und Hier. Und wir genossen den Frühlingstag. Überall sprosste es und grünte. Die Erde öffnete sich, ließ Neues wachsen. „Und wir, wir sitzen hier, lassen uns von der Sonne bescheinen und tun nichts", sagte eine von uns. „Haben genug getan im Leben. Jetzt dürfen wir genießen", meinte die andere. „Aber eine Aufgabe braucht jeder. Wer rastet, der rostet."
„Ja, ja, schon recht. Es gäbe da und dort sicherlich einiges zu tun, zu helfen. Nur müssen die eigenen Kräfte auch mitmachen, und die lassen mehr und mehr nach." Das Gespräch schaukelte sich hoch. „Also doch nur noch genießen..."
Wir schwiegen, blinzelten zu den Wolken hinauf und

hinüber zu dem Beet, in dem die Tulpen in satten Farben leuchteten. Plötzlich war er mitten unter uns, der Gedanke. Wer ihn zuerst aussprach, weiß ich nicht mehr. Doch er machte sich breit, nistete sich bei uns ein: „Wir sollten uns öffnen, wie die Erde, damit Neues in uns und aus uns wachsen kann."
„Und was, bitte, soll da in uns wachsen?"
„Gute, positive Gedanken, die wir in die Welt schicken können."
„Eine Aufgabe?"
„Vielleicht. Und sie wird größer, je ernster, je wichtiger wir sie nehmen."
Das Gedankenspiel weitete sich aus, berührte Randzonen unseres Lebens: Fernsehen. Wieviel negative Bilder werden hier täglich in die Häuser geschickt, wieviel Bilder aus den Sümpfen des Menschseins. Nichts geht verloren. Auch wenn wir sie selbst nicht ansehen, diese Bilder, so schweben sie doch über uns in Gedankenwolken, heimlich, zerstörerisch.
„Entgegenwirken mit anderen Gedanken? Wir paar Menschlein?"
„Engelskräfte wirken mit, wenn wir sie darum bitten."
Ein Sonnenstrahl verfing sich in der Kugel, die zwischen den Tulpen stand, und blitzte zu uns herüber. „Ist das schon ein Engelsgruß?" Wir lachten. „Warum nicht?"

Und da kam der zweite Gedanke zu uns geflogen. Wir könnten auch Freude in uns wachsen lassen, Freude, die wir an andere weitergeben, einfach so. Fröhlichkeit in die Welt senden...
Am Brunnen saß eine Amsel, hielt das Köpfchen schief und sah uns an. Wir warfen ihr ein paar Kuchenkrümel zu. Sie schnappte sich ein Häppchen, flog auf. Und dann nahm sie ein ausgiebiges Bad. Wir schauten ihr vergnüglich zu. Wieviel kleine Freuden es doch immer wieder gibt!
Am Abend bei einem Gläschen Wein setzte sich noch ein Hoffnungsstrahl zu uns an den Tisch. Wir sprachen über die Zukunft. Was wird sie bringen? Die Jugend hat es heute schwer. Aber sie schafft es. Sie hat es noch immer geschafft. Helfen können wir den Jungen, äußerlich gesehen, nicht. Mit der Weltwirtschaftslage müssen sie selbst fertig werden. Aber wir können ihnen Gedanken schicken, Hoffnungsgedanken. Und wir könnten die Engelswelt bitten, unserer Jugend beizustehen. Na, ist das nicht eine Aufgabe, eine große, eine schöne?!
Ja, hier saßen wir nun: Drei ältere Damen. Und wir waren, berauscht von unseren eigenen Gedanken, noch einmal jung geworden, hoffnungsfroh, zukunftsorientiert. Und weil ab einem gewissen Alter der Vorhang nach drüben manchmal dünner wird, kam auch von dort

etwas zu uns herüber, etwas Helles, Tröstendes. „Lassen wir es in uns herein, bleiben wir offen."
Den Frühling begreifen. Es ist immer wieder Wachstumszeit.

Nicht verdrießen

Nicht mehr in die Ferne reisen,
keine harten Äpfel beißen,
nicht mehr allzu flotte Sachen,
(weil die anderen sonst lachen),
nicht mehr fettes, üppiges Essen,
sonst kannst du den Schlaf vergessen.
Und noch vor der Mitternacht
wirst du müd, wird Schluss gemacht.

Traurig? Nein, sollst drüber lachen,
kannst viel Neues dafür machen:
Ohne Hetze, ohne Sorgen
schlafen bis zum späten Morgen,
dich nicht um ein „Muss" stets quälen,
Freunde dir zum Plaudern wählen.

Abends dann im Pyjama
sitzt du urgemütlich da.
Du kannst lesen, fernsehgucken.
Pflege alle deine Mucken!
Denn es können sich die meisten
von uns spät erst alles leisten.
Und das sollten wir genießen.
Lassen wir uns nicht verdrießen:
Leben bleibt auch wunderbar,
wenn es nicht so ist, wie's war.

Was Verrücktes

Trauer muss in diesen Tagen
nicht nur die Elektra tragen,
auch ich stimme Klage an,
weil ich nicht mehr alles kann.
Jede Arbeit fällt mir schwer
und ich selbst geb' nicht viel her.
Mit Betrübnis merk' ich halt:
Ja, so langsam wirst du alt.

Muss ich deshalb Trauer tragen
oder soll ich Neues wagen?
Heißt mein Ziel nun, alt zu sein?
Dazu sag' ich drei Mal „Nein!"
„Unauffällig", höchste Pflicht!
daran halte ich mich nicht.
Ja, ich weiß, dass jeder lacht,
wenn man was Verrücktes macht.
Doch ich habe diesen Mut:
kauf' mir einen tollen Hut
und, was doch ganz unerhört
und die anderen sicher stört,
jetzt ein buntgeschecktes Kleid.
So, und nun wisst ihr Bescheid!

Aufhören

Eine Freundin meint: „Das Schreiben
lass jetzt endlich, endlich bleiben,
setze dich doch mal zur Ruh,
hast das Alter doch dazu.
Man muss seine Grenzen wissen."
O, sie sagt das sehr beflissen!

Mein Gedankenfluss hingegen
will sich nicht zur Ruhe legen,
hat Ideen für Geschichten,
nötigt weiter mich zum Dichten.
Dies und das müsst ich noch sagen.
Soll ich ihn von dannen jagen?

Soll im Nichtstun ich mich quälen,
meine alten Jahre zählen
und dann auf der schönen Erden
gar zur müden Missmut werden,
zwecks der vorgeschriebnen Ruh?
Sagt mir, was meint ihr dazu?

Reminiszenzen

O hätten wir, nein, nicht das Leid,
doch das Gemüt der Nachkriegszeit:

Als es kalt war in dem Zimmer
und wir so bei Kerzenschimmer
traulich beieinandersaßen,
Hühnerhaferflocken aßen,
zuckerrübensüß gemischt...
Ach, was wurd' da aufgetischt!
Und erstand erst unsere Mutter
mal ein Stückchen Extra-Butter
oder auch ein Knäus'chen Brot,
dann vergaßen wir die Not,
lebten irgendwie zufrieden
noch mit dem, was uns beschieden.

Unsere Luftschutzbetten waren
ein Genuss jetzt, ohn' Gefahren.
Gut war's, wenn wir einigermaßen
Kochtöpfe, Geschirr besaßen,
luden gerne Freunde ein,
dankbar fürs Beisammensein.
Menschliches ging nicht verloren,
als wir hungerten und froren.

Heute hab' ich mich ertappt,
wenn da irgendwas nicht klappt,
schimpfe, meckere ich so sehr,
als ob's lebenswichtig wär:
Wenn der Wasserhahn hier tropft,
wenn der Abfluss ist verstopft,
Heizung mal nicht funktioniert,
nein, was bin ich da frustriert!
Rufe den Monteur ganz schnell,
weh, er ist nicht gleich zur Stell.
Wohlstand, Technik, gut gedacht,
haben anspruchsvoll gemacht.
Doch, wo bleibt die Dankbarkeit,
die es gab zur Nachkriegszeit?
Jeden Abend warmes Bett,
wenn ich das mal nicht mehr hätt'!
Hab' zu Trinken, hab' zu Essen,
und, das darf ich nicht vergessen,
Hilfe kommt, wenn ich mal krank.
Ja, dann sag doch: „GOTT SEI DANK!"

O hätten wir, nein, nicht das Leid,
nur das Gemüt der Nachkriegszeit.
Wir würden manches anders sehen,
wir würden besser uns verstehen
und Mitgefühl einander schenken.
Lasst uns an diese Zeiten denken!

Die Alterspyramide

„Deutschland, es wird alt und älter",
dieses las ich heute früh.
Und nun fehlt das liebe Geld.
Würde gern ja für die Erben,
die das brauchen, bald mal sterben.
Macht euch um mich keine Müh.
Da ist nichts mehr, das mich hält,
denn die Welt wird kalt und kälter.

Meine Freundin meinte eben:
„Alles ist hier aus dem Lot,
denn, wenn wir einmal erkranken,
weisen sie uns in die Schranken,
gönnen uns auch nicht den Tod,
halten hilflos uns am Leben."

Könnten endlich wir begreifen,
ohne Neid und Bitterkeit,
dass weit über unserem Denken
höhere Kräfte wissend lenken
durch die allzuwirre Zeit,
damit wir am Ende reifen.

Hallo Zuversicht

Hallo, Zuversicht!
Aus einer Wolke des Vertrauens
leuchten Kinderaugen.
Und da willst du mutlos
oder traurig sein?

Das Leben blüht unentwegt,
und die Sonne lässt ständig
Neues wachsen.
Unsanft weht der Wind
welke Gedankenblätter davon.
Am Himmel aber schwebt
eine Wolke des Vertauens:
Leuchtende Kinderaugen.

Hallo, Zuversicht,
nimm mich mit!

Inhalt

Auslaufmodelle
können mitunter
noch recht gut aussehen.
Es kommt nur auf die
Betrachtungsweise an.

Weitere Bücher von Ingeborg Pilgram-Brückner im Mellinger-Verlag

Komm, kleine Freude

Geschichten, Gedichte und Bilder zum Träumen und Nachdenken. Ein Buch, das aus der Hetze und den Sorgen des Alltags hinausführen möchte in eine Welt, in der noch heilende Kräfte wirken.

144 Seiten, gebunden, mit farbigen Illustrationen von Ruth Elsässer,

mehrfarbiger Einband, ISBN 3-88069-369-2

Der Tod kann uns nicht trennen

Leidvolle und frohe Erfahrungen in der Trauerzeit
Ein Buch, das inzwischen für viele Menschen zum Trost werden konnte. Hier leuchtet auch über Trauer und Schmerz ein Hoffnungslicht: „Die bittere Einsamkeit und der führende, bewahrende Engel stehen dicht beieinander".

80 Seiten, gebunden, mit Scherenschnitten von Elisabeth Emmler,

ISBN 3-88069-357-9

Leuchtend sich die Tage neigen

Freude und Licht zu sehen, auch über Traurigkeiten und dunkle Stunden hinweg, dem Herbst und Winter die Sonnenseiten abzugewinnen, das ist das Anliegen dieses Buches: „Wenn der Tag sich neigt, leuchtet der Himmel besonders schön".

96 Seiten, gebunden, mit Illustrationen von Hanne Rußmann, mehrfarbiger Einband,
ISBN 3-88069-371-4

Ach, mein lieber Garten

Vergnügliches rund ums Blumenbeet
Teils humorvoll, teils besinnlich aufbereitet, setzt sich die Autorin hier mit den Alltagsproblemen im Garten auseinander. Und: „Ein Garten ist mehr als Büsche, Bäume, Rasen, Kräuter und bunte Blumen, er strahlt auch Geistiges aus".

96 Seiten, gebunden, mit Zeichnungen von Brigitte Fleck,
ISBN 3-88069-372-2

Und Liebe ist immer dabei

Nachdenkliches für stille Stunden

Mit dem Musenpferd Pegasus zur Insel der Träume fliegen! Phantasievolle Geschichten und Erzählungen aus der realen Welt, bunt gemischt. Das Buch will zeigen, dass auch bei Traurigkeiten und Missverständnissen die Liebe doch immer dabei ist, auf geheimnisvolle Weise mitwirkt.

112 Seiten, gebunden, mit Zeichnungen von Brigitte Fleck,
ISBN 3-88069-379-X

Zuckerplätzchen zum Einschlafen

Bunte Geschichten für eine gute Nacht

Eine Bettlektüre, die da und dort schmunzeln lässt, aber auch zum Nachdenken anregt und immer wieder seelische Trostpflästerchen bereitstellt. Lesen, statt Schlaftabletten!

80 Seiten, gebunden, mit Zeichnungen von Brigitte Fleck,
ISBN 3-88069-380-3

In Vorbereitung

Ein Gruß ins andere Land

Hoffnungsgedanken über die Verbundenheit mit Menschen, die von uns gegangen und die uns doch noch nahe sind.

Leih' mir deine Flügel

Gedanken und Gedichte durch das Jahr und durch die Zeit, in der wir stehen.

Kinder- und Jugendbücher

Sternschnuppen vom Nikolaus

Ein Adventskalender-Buch

Zwanzig „Sternschnuppen-Geschichten", die der Nikolaus gesammelt hat, wollen die Kinder in fröhlicher Besinnung zum Christfest hin begleiten.

88 Seiten, gebunden, mit Illustrationen von Ruth Elsässer, mehrfarbiger Einband, Ab 4 Jahre, ISBN 3-88069-368-4

Was der Wald erzählt

Kleine Geheimnisse zum Einsammeln

Dieses Buch ist nicht nur eine Bereicherung für Waldspaziergänge oder für Märchenstunden, es lockt auch zum Suchen und Sammeln in den Wald und wird spielerisch gleichsam zum Waldlehrpfad.

8o Seiten, gebunden, mit Illustrationen von Hanne Rußmann, mehrfarbiger Einband, ISBN 3-88069373-0

Unternehmen Kuscheltier

Warum sind Kuscheltiere so beliebt? Dies Buch schafft einen wunderlichen Brückenschlag zu unserer Zeit und bietet eine kleine Hilfe für unruhige Kinder.

72 Seiten, gebunden, mit Illustrationen von Marie-Laure Viriot, mehrfarbiger Einband. Ab 4 Jahre. ISBN 3-88069-344-7

Sieben Perlen für die Zukunft

Ein Buch, das den Kindern unserer Zeit Hoffnung geben und Vertrauen wecken möchte. In fantasievollen Bildern wird aufgezeigt, was auch Kinder tun können, um die Schöpfung zu schützen.

144 Seiten, gebunden, mit Illustrationen von Marie-Laure Viriot, mehrfarbiger Einband. Ab 8 Jahre. ISBN 3-88069-300-5

Der Zauberbrunnen

Eine wundersame Spiegelwelt tut sich in diesem Buch auf. Wieder ist den Kindern eine Aufgabe gestellt. Sie sollen die Freudengeister befreien, damit die Menschen fröhlicher werden.

88 Seiten, gebunden, mit Illustrationen von Marie-Laure Viriot, mehrfarbiger Einband. Ab 8 Jahre. ISBN 3-88069-313-7

Das Geheimnis im Bannwald

Die Kinder vom „Zauberbrunnen“ haben Probleme. Fantasie und Realität, bunt gemischt, führen in die Geheimnisse anderer Welten hinein.

104 Seiten, gebunden, mit Illustrationen von Marie-Laure Viriot, mehrfarbiger Einband. Ab 8 Jahre. ISBN 3-88069-335-8

Und wie geht es weiter?

Bunte Geschichten zum Weiterschreiben

Zwölf angefangene Geschichten müssen zu Ende geschrieben und mit einem Bild ausgeschmückt werden. So schafft sich jedes Kind sein persönliches Märchenbuch. Hier sind Fantasie und Kreativität gefordert.

80 Seiten, gebunden, mit Scherenschnitten von Ingrid Dietz. Ab 8 Jahre. ISBN 3-88069-383-8